AF297823

Collection PAUL-BRULAT et BOYER-REBIAB

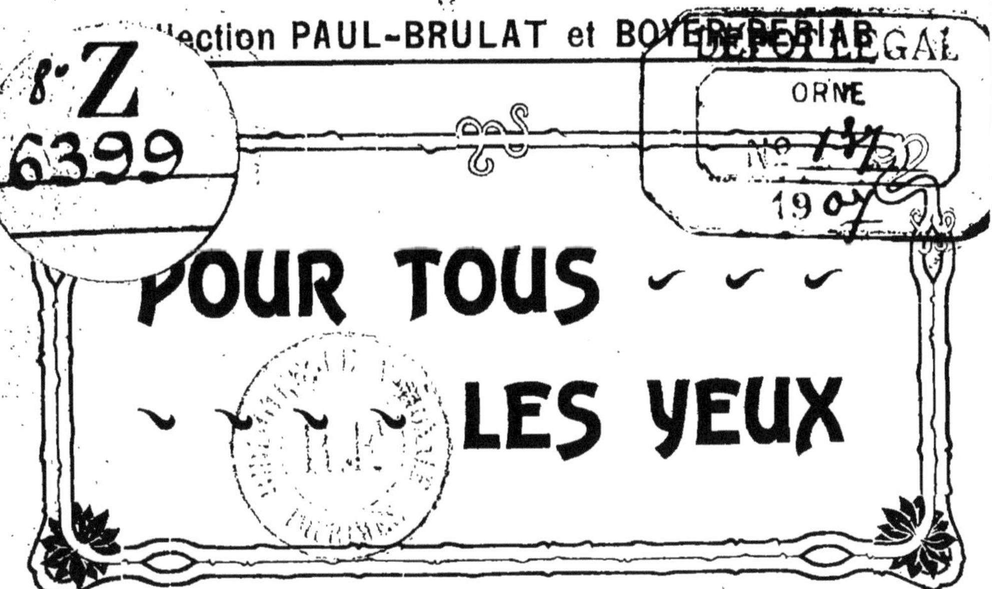

POUR TOUS LES YEUX

ATTRAYANTE ET SAINE LITTÉRATURE A LIRE ET A RELIRE

Sommaire du N° 1

FERNANDA
Par Louis Boyer-Rebiab

UN PRISONNIER AU CHATEAU D'IF
Par Paul Brulat

ATHÉISME
Par Voltaire

LUCIE
Par Alfred de Musset

En vente chez tous les libraires et marchands de journaux

Prix : 10 centimes.

ADMINISTRATION :
46, Rue de Poliveau

RÉDACTION :
62, Rue des Écoles

PARIS (V⁰ ARR⁰)

OUVRAGES DE PAUL BRULAT

Romans

Contes et Nouvelles

Polémique

En préparation :

L'Étoile de Joseph.

OUVRAGES DE PAUL BRULAT

Romans

Contes et Nouvelles

Polémique

En préparation :

L'Étoile de Joseph.

POUR TOUS LES YEUX

FERNANDA

(Souvenir d'Ibérie.)

Ceci est un souvenir datant de quelques années à peine, années déjà lointaines parmi les durées étrangement éphémères qui se reflètent en mon esprit trop absorbé par les nécessités changeantes du moment et du lieu...

Les hasards de la navigation m'avaient jeté sur les côtes d'Espagne, dans le port de Barcelone, où mon petit navire séjourna quelque temps, pour des avaries de chaudière provoquées par un coup de tabac, au large des Baléares. Et précisément, un de mes amis de bord connaissait dans cette ville une famille d'origine marseillaise, établie là dans une antique et pittoresque bâtisse de la *Plaza del San-Agustin Bella*.

Les présentations furent vite faites, et huit jours après nous étions, non seulement reçus comme de vieux habitués de la maison, mais encore admis dans une autre maison voisine et amie, purement espagnole celle-là. C'est dans cette nouvelle famille que je connus Fernanda, l'Inoubliée...

*
* *

Comme moi, elle pouvait avoir dans les dix-huit à vingt ans, ou peut-être même ne comptait-elle que seize avrils, tant les femmes de ces pays méridionaux voisins de l'Afrique sont précoces, autant que les végétations des pays surchauffés !

Elle était très brune (comme d'ailleurs tous les membres indigènes de cette petite société), et sa chevelure d'ébène soyeuse, tordue en casque, était surmontée de la *redazilla*, que recouvrait à demi sa mantille de laine noire. Ses yeux étaient très noirs, intensément brillants, avec des éclairs de plaque d'acier reflétant les rayons ardents du soleil estival. Son corsage était emprisonné dans la *cotilla* bardée de petits cercles de fer, et elle chaussait des *espardenyas,* chaussure dont la souplesse se prête si bien aux mouvements vifs et changeants de la danse. Fernanda personnifiait le véritable type de la jeune Espagnole tant renommé.

A l'époque dont je parle, l'automne commençait à tacheter de ses nuances cuivrées les feuilles vertes, et la brise avait encore des tiédeurs de siroco. Aussi profitions-nous des derniers beaux jours, ou plutôt des dernières belles soirées, pour faire de longues promenades au bord de la mer, où résonnait la sérénade de l'écume argentée sur les galets luisants de la grève. Nous allions ainsi par bandes, plusieurs familles réunies, et nous avions souvent l'occasion de nous éloigner sans hâte avec ma *manola*, de nous dissimuler sous l'ombre propice d'un palmier ou d'un oranger... La lune tamisait sa clarté pâle sur la nappe d'eau miroitante ainsi qu'un bassin de plomb fondu de frais, et ses rayons blafards projetaient autour de nous les silhouettes dentelées des arbres et des maisons. Parfois aussi une brise très légère, un souffle mourant de siroco balançait les palmiers et les rhododendrons, dont l'haleine embaumée nous apportait souvent les trilles d'un rossignol caché dans l'ombre d'un oranger.

Oh ! ces délicieuses nuits étoilées, quand j'y repense... Hélas ! pourquoi la jeunesse n'a-t-elle qu'un temps ; pourquoi les jours de bonheur passent-ils si vite ; pourquoi, oh ! pourquoi de la tristesse au souvenir des jours heureux qu'on ne revivra plus ?...

* *
* *

Un soir de novembre, peu avant notre départ pour l'Atlantique, on organisa une *funcion* ou fête, à laquelle n'étaient invités que les amis intimes. Fernanda en fut la reine.

Le salon de réception était du style espagnol le plus pur. Un tapis ou *estera* en feuilles de palmier, car on pouvait se croire encore à la belle saison (en hiver, il est en sparte); un tapis recouvrait entièrement le plancher. Les murs étaient presque nus, mais très blancs, avec, çà et là, des tableaux de sainteté. Des lambris peints partaient du sol et s'élevaient jusqu'à une hauteur de 1ᵐ,50 environ. Entre les tableaux, des plaques de cuivre dorées, appliquées au mur et supportant des bougies. Au centre du plafond, pendait un grand lustre en cristal éblouissant. Enfin, tout autour de la salle, des chaises et des canapés en noyer, à dos sculpté et recouverts de damas.

Les femmes, à mesure qu'elles entraient, allaient s'asseoir sur les chaises d'un côté du grand salon, tandis que les hommes chuchotaient debout de l'autre côté. Et cette séparation, peu commode pour la conversation galante, dura jusqu'à ce que fussent organisées les parties.

On joua d'abord le *reversi* et le *tresille*, et l'entrain devint général.

Enfin, la reine incontestée quoique fort enviée de la soirée apparut avec une guitare, et, après quelques brillants préludes exécutés à la mode espagnole, avec des accords pleins, la belle Fernanda nous chanta ses et mes morceaux préférés, dont quelques *titanas* et *seguidillas* aux airs troublants et charmeurs. Puis, quittant sa guitare et prenant des castagnettes en bois d'ébène, elle se mit à pivoter, tourbillonner, danser enfin le *bolero*, cette danse célèbre favorite des Espagnols, et qui exerce sur eux une telle fascination, assure-t-on, que l'air seul, joué dans un lieu quelconque, même sacré, même infernal, ferait danser, bon gré mal gré, hommes et femmes, vieux et jeunes, hidalgos et mandigots !...

Qu'elle était belle ainsi ! Ses longs cheveux noirs tombaient en cascades, en flots onduleux sur son cou, dont la blancheur éclatante s'illuminait par soubresauts. Tout s'animait en elle, dans ses attitudes diverses, langoureuses parfois, enfiévrées souvent, et toujours excitantes ! Par moments, elle s'accompagnait du pied et de la voix. Tout était harmonie dans ses gestes, ses poses, sa physionomie, son chant.

Autour de moi, tout le monde était debout, frémissant d'enthousiasme, trépignant sur place... Et moi, moi seul sans doute, je regardais mélancoliquement voltiger dans la lumière des lustres — comme voltige dans le poudroiement des rayons de soleil le frêle papillon aux ailes soufrées — cette pure jeune fille, cette éphémère beauté qui, bientôt sans doute, serait une femme légalement unie à un seul homme, et n'aurait plus le droit de se laisser désirer ou même admirer par d'autres hommes, pourtant forts et ardents autant que son futur *novio*...

Cette nuit-là, une des dernières avant mon départ de Barcelone, je ne pus m'assoupir une minute, bercé que j'étais par le roulis de mon frêle torpilleur remis à l'eau, et dont les mouvements lents, accompagnés de la caresse des flots le long de la carène, me semblaient comme une persistance de mouvement musical très doux, qui finit par s'éteindre en mourant, comme s'éteignent doucement et progressivement les vibrations de la guitare, dès qu'on a cessé d'en agiter les cordes sonores...

*
* *

Ballotté par tous les vents de la vie — mistral glacé du malheur, ou tiède siroco du bonheur — je n'avais presque plus pensé à Fernanda depuis des années, lorsque la nuit dernière je rêvai d'elle... J'ai revu tout à coup, comme dans une illumination magique, la *Plaza del San-Agustin Bella* et la maison espagnole qui me fut si gracieusement ouverte autrefois.

Mais le salon, mal éclairé par une veilleuse, était plein de gens mornes qui causaient à voix basse. Comme je m'informais du motif de cette étrange réunion, un visage autrefois familier me répondit : « Ne parlez pas, Fernanda se meurt... Son mari a sombré avec le torpilleur qu'il commandait... » Et, m'étant approché du coin opposé, je vis en effet la pauvre dolente dont les dents claquaient de fièvre, prononçant un mot que nul ne comprenait, et roulant des yeux étincelants, les mêmes qui m'avaient tant ému, le soir inoubliable de la *funcion*.

Puis, la lumière blafarde s'éteignit graduellement, et l'apparition s'évanouit tout à fait...

*
* *

Ce matin, en m'éveillant enfin, j'ai de nouveau évoqué le souvenir de Fernanda, et je me suis demandé, non sans une mélancolie très profonde, si mon rêve ne serait pas en concordance avec la réalité, avec le résultat de faits existants; si la malheureuse Inoubliable, mariée à un officier de marine, n'a pas été veuve et n'a point succombé ensuite à sa mortelle douleur?

Mais comment, hélas! comment le savoir rapidement... comment éclairer, dissiper ce doute affreux (que m'a peut-être suggéré ma croyance, ma certitude en la télépathie souvent contrôlée)... cet horrible cauchemar qui me torture le cœur depuis la nuit dernière... ?

Louis BOYER-REBIAB.

UN PRISONNIER

AU CHATEAU D'IF

A Henri Duvernois.

Un jour de congé, comme je terminais ma quatrième au lycée de Marseille, la fantaisie nous prit, deux camarades et moi, d'aller visiter le château d'If. Tout le monde connaît, au moins de nom, cette île déserte, si près des côtes provençales. Elle est, en effet, célèbre par les faits historiques dont elle évoque le souvenir. C'est la Bastille du Midi. Tous les navires la croisent en passant. Elle apparaît alors, dressant le cube massif de ses murs délabrés, sillonnés partout de profondes lézardes, et qui semblent garder, avec leur sévérité d'antique ruine, une impression de toutes les souffrances qu'ils enfermèrent durant des siècles. Et des récits étranges, mystérieux, courent aussi sur cette vieille prison qu'illustrèrent par leur captivité les plus fameuses victimes du despotisme royal.

C'est tout cela et d'autres choses encore qui nous poussaient, ce jour-là, à visiter le château d'If. Nous prîmes une barque, comme le soir tombait. La mer était tranquille, un vaste soleil rouge incendiait l'horizon...,

Durant le trajet, la conversation s'anima. On discuta fort sur les énigmatiques personnages qu'on avait ensevelis dans ces cachots. C'était, d'abord, Monte-Cristo, le légendaire héros d'Alexandre Dumas, dont les prodigieuses aventures avaient hanté notre imagination d'écolier. C'était, ensuite, le Masque de Fer, plus troublant encore. Puis venaient, dans un tragique défilé, Tasserand l'insulteur de la marquise de Montespan ; Macerbel, trois fois sauvé par d'héroïques amis, trois fois repris ; l'abbé Faria, qui, assure-t-on, eut la longue patience de couvrir de maximes les murs de sa cellule ; enfin, le plus grand, le plus inoubliable de tous, le formidable colosse Mirabeau.

— Heureusement, déclara naïvement l'un de nous, un jeune Marseillais, que nous n'appartenons plus à ces siècles de barbarie et qu'on est plus libéral de nos jours.

— Sûr non ! protesta, avec l'accent, notre batelier ; je vous certifie, mon brave, que le cachot de Monte-Cristo n'est pas, de ce moment, sans locataire...

Nous fîmes semblant de rire.

— Vous verrez ! reprit-il d'un ton très sûr.

Et il ajouta, avec un air de suffisance :

— C'est moi qui vous le dis !

Puis, il aspira une dernière bouffée de fumée, secoua sa pipe, jeta sur l'horizon un regard assuré et se reprit à ramer.

Cinq minutes après, nous débarquions dans l'île.

Dans les dernières lueurs du crépuscule, la colossale
architecture du château d'If, se dressant dans l'ombre,
avec ses tours démolies, comme un gigantesque fan-
tôme, prenait une apparence d'antique construction,
de grande ruine abandonnée, plus sombre et plus
tragique sous les reflets blafards des hautes murailles
nues. Nous montâmes, d'abord, par un sentier étroit
et rocailleux, dans un solennel silence.

. Nous arrivons enfin devant une grande grille au-delà
de laquelle s'élevaient, en un vaste amphithéâtre, les
remparts des prisons. Nous appelons le gardien, et,
quelques instants après, nous voyons apparaître un
petit vieillard sec, débile, qui s'avançait péniblement,
une lanterne à la main. Il était coiffé d'un bonnet râpé,
rouge sans doute autrefois, mais que l'injure des
temps avait fait tourner au gris.

— Qui va là, à cette heure? cria-t-il en se frottant
les yeux.

— Des voyageurs qui désirent visiter les prisons,
répondit l'un de nous.

Le bonhomme releva sa lanterne, pour mieux consi-
dérer nos visages et s'assurer de notre aspect.

— Des voyageurs? reprit-il d'une voix si sourde
qu'elle semblait sortir du fond de ses entrailles... Eh
bien ! entrez.

Et il ouvrit la grille.

*
* *

La nuit, maintenant, était tout à fait tombée, une nuit sans lune, d'une épaisseur d'encre. Nous suivions le gardien sans mot dire, guidés seulement par la lueur de sa lanterne.

Il nous introduisit, d'abord, dans le cachot d'où le futur orateur de la Constituante écrivait à la malheureuse Sophie ces lettres folles de passion et frémissantes déjà des grandes colères qui, deux ans plus tard, devaient déchaîner la Révolution. Et, sur un vieux registre tout jauni, qu'étalait sous nos yeux le gardien, en face de « Mirabeau », était cette simple mention : « Sujet très dangereux. A tenté de mettre le feu à la porte de sa prison. »

Ce fut, ensuite, une longue inspection de cachots : le cachot du Masque de Fer, celui de l'abbé Faria ; d'autres encore, bas, ténébreux, glacés, qui nous secouaient d'horreur, nous paralysaient d'émotion, à la pensée que des êtres vivants avaient été enterrés là.

Nous pénétrons enfin dans un souterrain plus profond, plus affreux encore que tous les autres.

— Voici, nous dit le gardien, la prison de Monte-Cristo...

Un grand silence s'abattit.

Tout à coup, un gémissement prolongé, semblable à celui d'un moribond, se fit entendre ; puis, une voix plaintive, sépulcrale, qui semblait avoir peine à traverser les murs, nous frappa, comme d'un coup violent dans la poitrine.

— Oh ! je suis malheureux... Voilà dix ans qu'on me fait espérer ma délivrance !...

Un instant s'écoula, sans que nos oreilles entendissent autre chose que le battement précipité de nos cœurs. La voix reprit, plus lamentable :

— A boire, à boire, par pitié !

Du coup, le mot du batelier, dont nous avions ri, nous revint à l'esprit.

— Qu'est ceci ? demandai-je au gardien, qui demeurait impassible, comme s'il n'avait rien entendu.

— Oh ! rien, fit celui-ci avec calme, je vais lui apporter de l'eau tout à l'heure.

— A qui ? répliquai-je sur un ton qui exigeait une explication sur-le-champ.

— Au prisonnier, répondit le gardien avec un flegme de plus en plus exaspérant.

Puis, s'approchant du mur :

— C'est bon, c'est bon, père Joseph, je vais y aller... Ne vous impatientez pas.

— Quelle heure est-il ? implora la voix d'outre-mur.

— Il n'y a pas d'heure pour les braves ! riposta l'autre.

Et, se retournant vers nous, il ajouta tout bas, comme s'il se parlait à lui-même :

— Je crois qu'il y aura quelque chose de nouveau, demain, pour ce malheureux... Nous avons reçu un pli cacheté qui le concerne.

Cette ingénieuse réflexion acheva de convaincre les plus défiants d'entre nous. Dès lors, nous ne doutons

plus qu'il y a des prisonniers d'État au château d'If ;
notre indignation éclate ; mes deux camarades se mon-
tent à mon unisson ; nous protestons furieusement, le
souvenir du 14 juillet nous enflamme, nous voulons
renverser cette nouvelle Bastille, délivrer ces prisonniers et les ramener en triomphe à Marseille.

— N'oubliez pas la chopinette ! gémit de nouveau,
sur ces entrefaites, le prétendu prisonnier.

Alors, l'un de nous, le plus âgé, un garçon de
quinze ans, tira une pièce blanche de son gilet, et la
mettant dans la main du gardien :

— Voilà, dit-il d'une voix où tremblait une émotion
mal contenue, voilà de quoi acheter du vin pour cet
infortuné.

— Oui, bien infortuné, répliqua le petit vieux en
empochant la pièce... Faites donc de la politique après
ça !

*
* *

Profondément bouleversés, nous partions pour ré-
pandre dans Marseille le bruit que nous avions décou-
vert des prisonniers d'État au château d'If, lorsque
notre bonhomme de gardien, nous croyant plus naïfs
que nous ne l'étions vraiment, eut lui-même la naïveté
de prolonger la plaisanterie plus qu'il ne convenait.
Nous comprîmes alors que le sacripant était ventrilo-
que, et il en convint, d'ailleurs, en riant, avec nous.
Mais nos cœurs d'enfants avaient joliment battu !

Paul BRULAT.

LUCIE

(Élégie.)

Mes chers amis, quand je mourrai,
Plantez un saule au cimetière.
J'aime son feuillage éploré,
La pâleur m'en est douce et chère,
Et son ombre sera légère
A la terre où je dormirai.

Un soir, nous étions seuls, j'étais assis près d'elle ;
Elle penchait la tête, et sur son clavecin
Laissait, tout en rêvant, flotter sa blanche main.
Ce n'était qu'un murmure : on eût dit les coups d'aile
D'un zéphyr éloigné glissant sur des roseaux,
Et craignant en passant d'éveiller les oiseaux.
Les tièdes voluptés des nuits mélancoliques
Sortaient autour de nous du calice des fleurs.
Les marronniers du parc et les chênes antiques
Se berçaient doucement sous leurs rameaux en pleurs.
Nous écoutions la nuit ; la croisée entr'ouverte
Laissait venir à nous les parfums du printemps ;
Les vents étaient muets, la plaine était déserte ;
Nous étions seuls, pensifs, et nous avions quinze ans.
Je regardais Lucie. — Elle était pâle et blonde.
Jamais deux yeux plus doux n'ont du ciel le plus pur
Sondé la profondeur et réfléchi l'azur.
Sa beauté m'enivrait ; je n'aimais qu'elle au monde.
Mais je croyais l'aimer comme on aime une sœur ;

Tout ce qui venait d'elle était plein de pudeur !
Nous nous tûmes longtemps ; ma main touchait la sienne,
Je regardais rêver son front triste et charmant,
Et je sentais dans l'âme, à chaque mouvement,
Combien peuvent sur nous, pour guérir toute peine,
Ces deux signes jumeaux de paix et de bonheur,
Jeunesse de visage et jeunesse de cœur.
La lune, se levant dans un ciel sans nuage,
D'un long réseau d'argent tout à coup l'inonda.
Elle vit dans mes yeux resplendir son image ;
Son sourire semblait d'un ange : elle chanta.

. . . .

. . . .

Fille de la douleur, Harmonie ! Harmonie !
Langue que pour l'amour inventa le génie !
Qui nous vins d'Italie, et qui lui vins des cieux !
Douce langue du cœur, la seule où la pensée,
Cette vierge craintive et d'une ombre offensée,
Passe en gardant son voile et sans craindre les yeux !
Qui sait ce qu'un enfant peut entendre et peut dire
Dans tes soupirs divins, nés de l'air qu'il respire,
Triste comme son cœur et doux comme sa voix ?
On surprend un regard, une larme qui coule ;
Le reste est un mystère ignoré de la foule,
Comme celui des flots, de la nuit et des bois !
Nous étions seuls, pensifs ; je regardais Lucie.
L'écho de sa romance en nous semblait frémir.
Elle appuya sur moi sa tête appesantie.
Sentais-tu dans ton cœur Desdemona gémir,
Pauvre enfant ? Tu pleuráis ; sur ta bouche adorée
Tu laissas tristement mes lèvres se poser,
Et ce fut ta douleur qui reçut mon baiser.

Telle je t'embrassai, froide et décolorée,
Telle, deux mois après, tu fus mise au tombeau ;
Telle, ô ma chaste fleur ! tu t'es évanouie.
Ta mort fut un sourire aussi doux que ta vie,
Et tu fus rapportée à Dieu dans ton berceau.

.   .   .   .

Doux mystère du toit que l'innocence habite,
Chansons, rêves d'amour, rires, propos d'enfants,
Et toi, charme inconnu dont rien ne se défend,
Qui fit hésiter Faust au seuil de Marguerite,
Candeur des premiers jours, qu'êtes-vous devenus ?
Paix profonde à ton âme, enfant ! à ta mémoire !
Adieu ! ta blanche main sur le clavier d'ivoire,
Durant les nuits d'été, ne voltigera plus...

> Mes chers amis, quand je mourrai,
> Plantez un saule au cimetière.
> J'aime son feuillage éploré,
> La pâleur m'en est douce et chère,
> Et son ombre sera légère
> A la terre où je dormirai.

Alfred DE MUSSET.

(Le vœu du poète est réalisé depuis 1857. Un saule ombrage sa tombe au cimetière du Père-Lachaise.)

La Chapelle-Montligeon (Orne). — Imprimerie de Montligeon.

OUVRAGES DE LOUIS BOYER-REBIAB

LITTÉRATURE

24 Heures de Bordée, avec préface de Diraison-Seylor, auteur des *Maritimes*. 1 vol. in-16.

Extrait. — « Vos *24 Heures de Bordée* sont pleines à déborder de ces joyeuses libertés de gabiers ; elles grouillent comme des batailles au Chapeau-Rouge ; elles se dilatent en formidables gaietés comme celles qui font pâmer des foules devant une naïve excentricité de matelots en goguette... Vous avez tout vu, Monsieur, et vous avez très exactement vu. En toutes vos peintures, il reste quand même un hommage à la simplicité du geste matelot, et une admiration à la loyauté de ce geste. Je ne vous eusse point pardonné, Monsieur, de laisser une impression autre que celle-là... Je me réjouis donc absolument de cette évocation où vous avez si parfaitement transposé les Pantagruel et les Entommeures de bâbord et de tribord. Et j'ai ressenti, à vous lire, Monsieur, la nostalgie de quelqu'un qui n'a point oublié les heures vécues au milieu de ces hommes, — race merveilleuse au sexe de vahiné et à l'âme de conquistador ! » D.-S.

1re édition presque épuisée. Prix. . . . . 3 fr. 50

La Vie de bord, brochures périodiques à. . 0 fr. 20

Jours d'exil au Pays des minarets, journal de voyage . . . . 1 volume.

Les Inoubliées, recueil de nouvelles. . 1 —

Le Pont des Soupirs, roman rustique. 1 —

Audibert de Bramafam, roman provincial. . . . . 1 —

THÉATRE

Le Collier de l'Amirale, drame mondain en un acte, en collaboration avec Albert Verse (du *Théâtre-Antoine*).

Chez le Frégaton, pièce bouffe en un acte.

L'Embarquement pour Cythère, vaudeville en trois actes.

Les Gaietés de l'Escadre, revue en six tableaux.

IMPRIMERIE DE MONTLIGEON (ORNE)